LA LITTÉRATURE ESPAGNOLE

CONTEMPORAINE

UN LIVRE RÉCENT

DU PREMIER MINISTRE

PAR

A. DE TRÉVERRET

PROFESSEUR DE LITTÉRATURE ÉTRANGÈRE
A LA FACULTÉ DES LETTRES DE BORDEAUX

EXTRAIT DU *CORRESPONDANT*

PARIS

JULES GERVAIS, LIBRAIRE-ÉDITEUR

29, RUE DE TOURNON, 29

—

1884

LA LITTÉRATURE ESPAGNOLE

CONTEMPORAINE

UN LIVRE RÉCENT

DU PREMIER MINISTRE

PAR

A. DE TRÉVERRET

PROFESSEUR DE LITTÉRATURE ÉTRANGÈRE
A LA FACULTÉ DES LETTRES DE BORDEAUX

EXTRAIT DU *CORRESPONDANT*

PARIS

JULES GERVAIS, LIBRAIRE-ÉDITEUR

29, RUE DE TOURNON, 29

—

1884

LA LITTÉRATURE ESPAGNOLE

CONTEMPORAINE

UN LIVRE RÉCENT DU PREMIER MINISTRE

L'Espagne, en ce moment, réimprime quelques ouvrages recommandés par leur mérite propre et, si je puis dire, par un commencement d'ancienneté. Le dix-neuvième siècle espagnol sent approcher sa fin, et il passe en revue ses travaux, cherchant à mettre en lumière et à faire vivre ceux qui lui semblent dignes d'un long souvenir. Les plus beaux drames éclos depuis quatre-vingts ans reparaissent à Madrid sur papier superbe, accompagnés de magnifiques portraits et d'excellentes notices biographiques et critiques. L'édition de Lopez de Ayala, mort en 1880, est continuée avec un zèle très éclairé; celle du comique Breton de los Herreros est confiée aux mains les plus compétentes; et voici que, durant l'automne de l'année dernière, les amateurs de la pure langue espagnole et des vieilles mœurs, chaque jour effacées par l'esprit moderne, ont vu renaître, en un charmant volume, les *Scènes andalouses* de don Sérafin Estébanez Calderon.

Cet écrivain, qui mérite une place à part entre les spirituels observateurs et moralistes que l'Espagne du dix-neuvième siècle a produits et produit encore, naquit à Malaga, le 27 décembre 1799, publia ses meilleurs articles de 1833 à 1846, et mourut à Madrid le 5 février 1867. Il a eu pour neveu le président actuel du conseil des ministres espagnols, M. Canovas del Castillo; et cet homme d'État, qui l'aima d'une affection presque filiale, s'est chargé d'écrire en deux volumes la biographie d'Estébanez Calderon, destinée à accompagner et à commenter l'édition de ses œuvres.

M. Canovas, au moment où il faisait imprimer ce livre [1], n'était

---

[1] *El solitario y su tiempo (le Solitaire et son temps)*, 2 vol. Madrid, 1883. Le nom de *Solitaire* est un pseudonyme sous lequel Estébanez écrivit jadis ses *Scènes andalouses*.

point revenu au pouvoir, mais il conduisait avec autorité le parti conservateur, présidait les séances de l'Athénée et faisait entendre, aux cortès et aux trois grandes académies dont il est membre, une voix souvent combattue, toujours écoutée. Par bonheur, Estébanez, objet momentané de ses études, avait été, dans les moments critiques, en pleine guerre carliste, fonctionnaire du gouvernement d'Isabelle II; plus tard, il s'était signalé par un patriotisme enthousiaste et même aveugle; et après sa mort, l'école réaliste réclamait ses *Scènes andalouses* comme inspirées par des théories ou des préférences analogues à celles des Goncourt et des Zola. M. Canovas, racontant la vie et appréciant les œuvres de son oncle, avait ainsi un motif tout naturel d'exprimer ses idées littéraires et politiques, et plus ses déclarations seraient franches et raisonnées, plus elles devaient intéresser ses concitoyens. Cette occasion de dire ce qu'il pense et ce qu'il veut, M. Canovas ne l'a pas laissée échapper; aussi son livre a-t-il fait du bruit à Madrid, et aujourd'hui que l'auteur redevient maître des destinées d'un peuple dont on se dispute l'alliance ou dont on souhaite la neutralité, le reste de l'Europe a, ce semble, quelque intérêt à connaître ses principes et ses intentions.

I

Dès le premier chapitre, M. Canovas s'attache à justifier son oncle d'avoir jamais été révolutionnaire. Si Estébanez a célébré en vers exaltés les fameux rubans verts de 1820, sur lesquels étaient écrits en lettres noires ces mots : *La constitution ou la mort;* s'il a chanté qu'à la vue de ces rubans les despotes s'humilient, les trônes s'ébranlent, c'est là, selon le chef des conservateurs espagnols, une simple ébullition de jeunesse. Estébanez n'avait que vingt ans alors, et sans aimer la constitution de 1812, il était révolté par la réaction très dure et injuste qu'avait exercée Ferdinand VII. Le ruban vert protestait contre cette réaction, et pour le chanter dignement, il fallait bien se monter un peu la tête, se figurer plus ardent qu'on ne l'était, échapper même, par l'exagération des termes, au reproche de froideur ou de platitude.

Huit pages [1] consacrées par M. Canovas à cette apologie de quelques vers contre le despotisme marquent nettement l'attitude politique du biographe. Il est évident que son livre s'adresse d'abord à sa société, à son parti, et qu'on inspire à ce parti peu d'estime, surtout peu de confiance, quand on parle d'humilier les

---

[1] *El solitario y su tiempo,* t. Ier, p. 19-26.

despotes et d'ébranler les trônes. Plus loin [1], M. Canovas déclare que, dans les circonstances critiques, la qualité la plus essentielle est la prudence, que, chez les masses populaires (*las turbas populares*), on ne peut jamais s'attendre à trouver, et que, de ce côté, *il* n'y compte jamais. « Mais ailleurs, ajoute-t-il, et chez les hommes d'État de tous les partis, elle aurait dû quelquefois se rencontrer. »

Ainsi, M. Canovas ne tient compte, en politique, que de l'élite d'une nation ; il consent à s'entendre, à transiger peut-être avec des adversaires de son rang et de sa valeur, mais à condition que la multitude n'interviendra pas et n'aura jamais le droit de dicter sa volonté. Appeler M. Canovas au pouvoir, c'est maintenir toute entière la constitution de 1876, qui est son œuvre, et refuser toute extension de suffrage, tout élargissement de la loi qui fixe à vingt-cinq ans révolus l'âge des électeurs et exige d'eux, comme cens indispensable, le payement annuel d'une contribution foncière de 25 francs au moins ou d'une patente de 50 francs; ladite contribution ou patente devant avoir été payée, l'une pendant un an, l'autre pendant deux années, avant l'inscription sur la liste électorale. Par son horreur de la démagogie, son désir d'en rester aux institutions présentes, sans revenir à l'ancien régime, mais sans faire un pas vers la foule, M. Canovas nous rappelle Guizot ministre, et compte probablement sur l'énergie du roi, sur l'instinct conservateur des hommes qui possèdent, et sur la foi monarchique des Espagnols, pour éviter une révolution pareille aux nôtres. Comme historien, il a le style d'un doctrinaire ; il enseigne, il démontre, et semble un disciple de M. Mignet. Ne cherchez dans son récit même ni le mouvement et les drames sanglants de la guerre carliste, ni l'agitation désordonnée des villes espagnoles durant le premier enfantement de la liberté. Ce qui vit, ce qui brille, ce qui émeut parfois dans ce livre, ce sont les lettres d'Estébanez, citées à propos. L'oncle de M. Canovas, depuis 1834 jusqu'à 1838, fut intendant de l'armée isabéliste, préfet de Logroño, puis de Séville, et déploya une ardeur militaire et administrative que son biographe a soin de nous faire connaître, en le prenant lui-même pour témoin. Le *peintre* d'histoire, ici, c'est le héros; le *professeur* d'histoire, c'est M. Canovas; mais quel professeur habile et instructif! Dans une prose qui parfois serpente un peu longuement, à la façon des anciennes périodes espagnoles, il analyse les situations politiques, il enchaîne les faits et il les explique si bien, que l'on s'étonne

[1] *El solitario y su tiempo*, t. Ier, p. 296.

d'apprendre tant de choses et d'y voir si clair. On se croirait stupide de ne pas comprendre et fou de songer à contester. Une certitude complète, irrésistible s'empare de l'esprit, qui s'ouvre sans effort pour la recevoir et ressent une grande joie, mais tout intellectuelle, où la sympathie, l'imagination, n'ont point de part.

La guerre carliste n'est ici ni un drame ni un tableau; c'est une série de problèmes bien posés et bien résolus. Quelles étaient les chances de cette guerre? Quels moyens avait-on, de part et d'autre, pour la soutenir? Comment a-t-elle pu durer si longtemps? Autant de questions auxquelles on aime à entendre répondre avec la précision lumineuse de M. Canovas.

Le roi Ferdinand VII, nous dit-il, était à peine mort depuis quatre jours, que déjà le drapeau de son frère (don Carlos) était arboré, quoique sans succès, à Talavera-de-la-Reina; et au même moment les volontaires royalistes de Bilbao prenaient résolument les armes en sa faveur, commençant ainsi la rapide et formidable rébellion des provinces basques. Au bout de trois mois à peine, don Carlos y avait déjà une petite armée et, pour la commander, le général le plus capable qu'il eût été possible de trouver.

Tout le monde pressentait, bien avant la vacance du trône, que la guerre civile était inévitable; mais les carlistes seuls, réunis en faisceau et organisés (sous le nom de volontaires royalistes), étaient bien prêts pour l'entreprendre. Formé, au contraire, précipitamment par des monarchistes à toute épreuve, comme Estébanez; par des libéraux modérés, comme ceux qui, plus ou moins ostensiblement, avaient transigé avec Ferdinand VII et surtout avec son épouse, et que, pour cette raison, l'on appelait *Cristinos;* par les hommes de 1812, enfin, et les révolutionnaires impatients récemment ramenés de l'émigration, le parti de la fille du roi manqua au début d'unité et de direction fixe, ce qui fit perdre les moments les plus favorables pour empêcher la guerre de prendre l'essor immense qu'elle prit à la fin. Mais la possession de Madrid, de la *Gazette royale,* de tout l'organisme officiel, donnait, d'un autre côté, de grands avantages à la reine, en ne permettant pas au carlisme de s'emparer, dans la première confusion, du trône qu'il convoitait : c'était là une compensation aux inconvénients que je viens d'exposer. Tout d'abord le parti isabéliste eut dans ses mains l'armée, qui obéit en masse au gouvernement établi, bien que beaucoup de chefs et d'officiers eussent isolément passé au parti contraire; et en janvier 1834, don Jeronimo Valdès commandait déjà, dans les provinces basques et la Navarre, un corps de troupes supérieur, sous tous les rapports, aux forces de don Carlos, quoiqu'il ne s'élevât pas au-dessus de seize ou dix-sept mille hommes, en y comptant les garnisons nombreuses et en partie indispensables. Les carlistes, de leur côté, n'atteignaient encore qu'à la moitié de cet effectif, sous le commandement de l'ancien colonel Zumalacarregui ; mais tout inférieurs qu'ils étaient jusqu'alors en nombre et en qualité, ils comptaient, on le sait, pour vaincre leurs adversaires, sur un avantage énorme : celui de combattre dans leur propre pays, qui leur offrait des secours incessants ; de connaître montagne par montagne, ravin par ravin, torrent par torrent, leur territoire si accidenté et situé justement au centre de cette chaîne pyrénéenne, pleine d'escarpements, qui de ce côté pénètre presque jusqu'à l'Èbre. Dans le pays nulle opération n'est possible, sauf des opérations de montagnes, plus faciles à exécuter par des troupes volontaires et détachées que par des bataillons organisés et dressés pour la guerre régulière, à moins que ces bataillons ne suppléent par leur nombre à tous les désavantages de leur situation. Et à cette époque, l'armée de la reine n'étant pas assez forte encore pour y suppléer, la lutte, que beaucoup de gens jugèrent tout d'abord devoir être courte, présentait déjà, dans les derniers jours de janvier 1834, un caractère très grave aux yeux des personnes intelligentes et impartiales.

Avec la même sûreté d'appréciation, le même don d'analyse, le même talent d'instruire, l'auteur nous montre aux prises, dans le sein du parti d'Isabelle, les différentes opinions que tout à l'heure il énumérait. Monarchistes déterminés, libéraux modérés, révolutionnaires ardents, veulent tous la défaite des carlistes, mais ils veulent tous aussi le triomphe d'idées différentes, et les soutiens de la jeune reine et de sa mère se divisent ainsi contre eux-mêmes. Les embarras du gouvernement s'accroissent d'heure en d'heure ; des cités, des provinces entières se déclarent pour les *exaltés*, se mettent en rébellion contre le ministère *modéré*, et ce ministère ne sait de quelle façon prévenir ou punir les révoltes. La crainte de paraître reculer et de faire crier au retour du despotisme l'empêche de mettre obstacle aux désordres naissants, et le livre désarmé aux attaques des anarchistes.

Tous les cabinets qui se succédèrent alors, nous dit M. Canovas, étaient nécessairement faibles, parce que, plus ou moins explicitement, il entrait dans leur programme à tous de condamner et d'exécrer même les actes de résistance accomplis par le régime antérieur. Excepté les carlistes, contre lesquels on croyait tout permis, tout ennemi du gouvernement, en eût-il appelé à la force, eût-il commis le funeste crime de sédition militaire, comptait sans hésiter sur l'indulgence de l'opinion publique, qui ne voulait plus voir les rebelles

traités comme l'avaient été naguère Lacy, Porlier, Torrijos [1] et leurs
compagnons d'infortune. D'exils et de déportations, il ne fallait pas
en parler; des gouvernements nés d'une amnistie et consolidés par
d'autres ne pouvaient pas décemment, à l'entrée d'un nouveau règne,
décréter de pareils châtiments; et les appliquer à des libéraux semblait
peu honorable de la part de ministres qui venaient à peine d'être
rendus à leur patrie après des émigrations longues et maudites... C'est
pitié de songer par quels minces motifs les autorités d'alors perdaient
leur réputation de libérales, eût-elle été gagnée dans cent émeutes, et
devenaient immédiatement aux yeux de tous des despotes et d'abomi-
nables tyrans. Cela ne veut pas dire que de temps à autre on n'exécutât
à la fin de sanglantes répressions et qu'on ne traitât rudement les
libéraux quand ils se montraient impatients. La faiblesse, on le sait,
devient parfois beaucoup plus violente et cruelle que l'énergie d'une
volonté vraiment ferme et sûre d'elle-même.

Au milieu de ces désordres et de cette impuissance, les regards
de bien des gens se tournent vers les généraux, qui tiennent en
main la force et qu'on espère amener à s'en servir pour le raffer-
missement de la société. Le plus remarqué de ces hommes de
guerre, en 1835, 36 et 37, se nommait Luis de Cordova. Il commandait l'armée libérale du Nord, et déployait du talent et de
l'audace. Mais M. Canovas appliquant au caractère et à la vie de
ce personnage ses procédés d'examen et de démonstration, prouve
qu'il était complètement impropre à obtenir ou à conserver une
dictature.

D'abord, il n'aimait pas le pouvoir, mais la renommée, et il cou-
rait la chercher soit dans le péril, soit dans le déploiement inattendu
d'aptitudes que personne ne lui connaissait encore. Officier subal-
terne durant les luttes de 1820, diplomate pendant la paix, revenu
sous les drapeaux à l'approche d'une seconde guerre, on s'étonnait
de le voir subitement grand stratégiste, et l'on se demandait s'il
n'était pas de ces hommes qui montent à la hauteur de toutes les
situations. Mais lui, au lieu de s'imposer au gouvernement, il
donne sa démission après une victoire; il n'essaye pas de tourner
son armée contre ses adversaires politiques; il abandonne la partie,
cède à l'injustice, n'a pas enfin, comme le dit M. Canovas, « une
ambition tenace et résolue. »

D'ailleurs, eût-il voulu s'emparer du pouvoir, ses antécédents

---

[1] Ces trois officiers supérieurs, révoltés contre Ferdinand VII, avaient
péri pour la cause libérale; et leurs noms étaient aussi chers aux ennemis
de l'ancien régime espagnol que ceux de Ney et de Labédoyère aux adversaires de la Restauration française.

lui auraient fait grand tort. Dans les révoltes militaires contre l'ancien régime, il avait toujours pris parti pour le roi. Était-ce par attachement à son devoir de soldat? Il l'a dit plus tard, et avec vérité peut-être ; mais le public ne parvenait pas à le croire : le sang des patriotes lui restait aux mains, la popularité lui était interdite ; et dans ces premières heures d'affranchissement, l'Espagne, même par amour de l'ordre ou par crainte d'un cataclysme, ne pouvait se courber sous un maître impopulaire. Il fallut donc chercher un autre dictateur : on n'en trouva que trop ; dès 1838, Narvaez songeait à prendre ce rôle ; mais, plus habile d'abord, ou mieux servi par les circonstances, Espartero s'empara le premier du rang suprême.

On ne saurait le nier, dit M. Canovas, si hautement qu'on respecte sa mémoire, digne d'estime à plusieurs égards, Espartero plus que personne est cause de la prétention que les chefs d'armée ont affichée dans la suite de diriger, à ce titre même, la politique espagnole. Ce n'était pas là, bien qu'on puisse le croire à première vue, ce que les pauvres *héros* de l'île de Léon avaient voulu en 1820. Quel que fût le motif de leur rébellion, et en supposant même qu'ils aient été guidés par des sentiments politiques vraiment incompatibles avec la monarchie absolue, on peut avec certitude affirmer une chose : ni Quiroga, ni O'Daly, ni Riego, ne pensèrent à devenir ministres par un tel chemin. Dans l'attitude révolutionnaire de l'armée en 1836, il y eut indubitablement exaltation patriotique, haine violente des idées carlistes et, pour ce motif, adhésion irrégulière aux idées libérales. Mais personne alors, et moins que personne les sergents de la Granja[1], ne songea dans l'armée à prendre le pouvoir conquis en violant la discipline, mais à le remettre aux hommes politiques qui représentaient les doctrines préférées et triomphantes. Avec Espartero, apparut enfin le général rusé qui, par tous ses actes, s'acheminait à l'assaut et à la possession du pouvoir.

La distinction établie ici[2] par M. Canovas est peut-être juste, et nous ne demanderons pas mieux que de croire au désintéressement des premiers soldats espagnols qui se *prononcèrent*. Leur exemple n'en a pas été moins funeste à la discipline d'une armée si brave, si indomptable aux périls et aux privations. Depuis le commencement de ce siècle, toutes les révolutions de l'Espagne, même celles que M. Canovas doit approuver[3], ont eu pour auteurs des soldats ;

[1] Ceux qui, par leur révolte du 12 août 1836, forcèrent la reine Christine à proclamer la constitution de 1812.

[2] Canovas, *El solitario y su tiempo*, t. II, p. 82 et 83.

[3] Dispersion des cortès républicaines par le général Pavia (2 janvier 1874) ;

et comme souvent les chefs obéissaient aux motifs les plus per-
sonnels, il est souverainement difficile de se diriger dans ce laby-
rinthe historique : ni l'état de l'opinion, ni la marche des idées, ni
les vrais besoins de la nation ne suffisent à tout expliquer. Les
généraux eux-mêmes changent continuellement de langage et d'attitude, aucun d'entre eux ne représente un principe, et chacune de
leurs volte-face peut s'interpréter de mille manières. J'aimerais, je
l'avoue, à voir tant d'intrigues débrouillées, dans un ouvrage plus
étendu, par la sagacité de M. Canovas. Sa parole y porterait
d'abord la clarté, et, en matière obscure, la clarté est le plus grand
mérite. Resterait encore à y mettre l'émotion et le coloris. Quelque
écrivain brillant et généreux s'en chargera peut-être un jour, mais
il fera bien de prendre ici sa première leçon et de relire souvent
les appréciations historiques si nettement formulées dans cette
biographie.

II

Estébanez, dont M. Canovas nous raconte la vie, cessa, dès 1838,
de jouer un rôle politique important, et ce n'est pas à titre d'admi-
nistrateur ou d'homme d'État qu'il attire aujourd'hui l'attention
des gens instruits. On le réimprime parce qu'il a écrit de char-
mantes pages et peint avec une verve exquise les mœurs originales
du peuple espagnol au moment où elles allaient disparaître,
emportées par le grand mouvement européen. Ses meilleurs
articles virent le jour pendant la lutte des classiques et des romantiques; et comme il arrive souvent en pareil cas, les deux écoles
se le disputèrent. Il est hardi, coloré, vivant, comme nous voulons
l'être, disaient, en 1838 et 1840, les romantiques. Il a plus de
goût que vous autres, répliquaient leurs adversaires; il n'exagère
rien, il choisit ses images tout en ayant l'air de les prendre au
hasard. Estébanez répondait alors aux deux partis : « Je n'appar-
tiens à aucune secte littéraire, je suis Espagnol, j'ai des yeux, je lis
nos vieux livres et je vois nos gens d'aujourd'hui; je peins d'après
nature, mais avec quelques couleurs de l'ancienne palette. » Qua-
rante ans s'écoulent, et voilà que les *naturalistes* ou *réalistes* de
notre époque veulent le tirer à eux et s'autoriser de son exemple.
M. Canovas demande la parole sur ces prétentions contradictoires,
et prend occasion de ce débat pour résumer l'histoire et analyser
le caractère des systèmes qui, depuis les premières années de ce
siècle, ont aspiré à régir les lettres et les arts.

restauration d'Alphonse XII par le soulèvement militaire de Sagoute
(29 décembre 1874).

Le romantisme, dit-il d'abord, nous est venu de France, d'où nous avions reçu le genre classique ; avec les Bourbons, arrivèrent jadis à Madrid les règles un peu étroites de Boileau et de Voltaire. Contre ces règles, que toute l'Europe reconnut jadis, toute l'Europe aussi s'est révoltée. Quand la France eut brisé les liens de l'ancien régime politique, elle brisa de même ceux de l'ancien régime littéraire qu'elle avait réellement fondé. Et nous avons suivi, nous autres Espagnols, son exemple que de bonnes raisons semblaient justifier. En France, les règles de Boileau avaient fait leur temps ; au théâtre surtout, les tragédies classiques devenaient de plus en plus faibles et vainement pompeuses. En Espagne, où peu d'œuvres fortes étaient sorties du moule classique et étranger, on se reprit à aimer Lope de Vega, Calderon, Tirso de Molina, Alarcon, Mareto, Rojas, poètes indigènes, poètes libres et poètes de génie. Le romantisme triompha donc chez nous comme ailleurs ; « mais, ajoute M. Canovas, cette révolution littéraire, non sanglante heureusement, a eu le même résultat que celles, beaucoup plus dangereuses, de la politique. *Elle a laissé le monde à peu près où il en était* [1], changeant plutôt la forme que le fond, les noms que les choses ».

Ce mot est d'un homme qui nulle part n'aime les émeutes, qui déteste et méprise les révolutions, qui n'en veut plus voir et ne les croit bonnes à rien ; ce mot enfin ne m'étonne pas sous la plume du chef des conservateurs espagnols ; mais, au point de vue esthétique, il me semble injuste. En France, le mouvement romantique n'a pas du tout *laissé le monde de l'art où il en était.* Toute une poésie lyrique, absolument neuve, est née sous son influence ; des œuvres dramatiques, imparfaites il est vrai, mais semées de scènes admirables, n'auraient jamais vu le jour si ce mouvement ne s'était produit. Faut-il rappeler Chateaubriand et Mme de Staël, qui l'ont provoqué ? faut-il redire que, sans Chateaubriand et ses grandes peintures historiques, ni Augustin Thierry, ni le Michelet des meilleurs jours, ni Barante, ni Montalembert, n'eussent été si hardis, si éloquents, si vrais dans l'évocation du passé ? Lamennais, Lacordaire, Delacroix, David d'Angers, Meyerbeer, Berlioz, n'ont-ils donc rien dû au romantisme ? Et la critique d'aujourd'hui, même la plus calme, la plus austère, la plus respectueuse envers les œuvres classiques, ne s'est-elle pas, grâce au romantisme, éclairée, élargie, rendue capable de tout sentir et de tout comprendre? La Bruyère et Fénelon décriaient le gothique ; Voltaire appelait Shakespeare *un sauvage ivre*, et déclarait que,

---

[1] Canovas, *El solitario y su tiempo*, t. I, p. 111.

pour l'homme de goût et pour le penseur, il n'y a, dans toute
l'histoire, que quatre siècles; la Harpe n'entendait rien aux pièces
d'Aristophane et dirigeait contre ce comique trop peu régulier
des plaisanteries bien lourdes et bien aveugles. Qui fermerait
aujourd'hui ses yeux, son imagination et son cœur à tant de
grandes œuvres, uniquement parce qu'elles sont inégales et libres?
L'immense variété de nos plaisirs esthétiques, c'est au romantisme
que nous le devons; il a rajeuni tout, jusqu'au théâtre des Grecs;
après les préfaces de *Cromwell* et des *Burgraves*, Eschyle fut
certainement plus goûté qu'après les traductions du P. Brumoy.
Et si l'humble auteur de cet article ose citer sa propre expérience,
il dira que, de tous ses maîtres, ceux qui l'ont rendu capable à la
fois d'aimer Sophocle et Shakespeare, Virgile et Dante, Racine et
Calderon, Horace et Gœthe, ce sont ceux précisément dont on
souriait, il y a trente années, et dont on disait : Ils sont romantiques; l'inspecteur général leur donnera sur les doigts. Aujour-
d'hui les programmes scolaires portent Byron et Victor Hugo : le
monde de nos études et de nos admirations a doublé d'étendue,
depuis le romantisme, comme le monde des navigateurs depuis
Colomb et Vasco de Gama.

En Espagne, je l'avoue, le romantisme était moins nouveau;
c'était un retour naturel à l'admiration des grands écrivains, des
grands artistes libres d'autrefois; c'était une rentrée triomphante
de Calderon et des poètes populaires du romancero. Mais ce retour
même était retardé par mille préventions; des critiques trop auto-
risés chicanaient la gloire des vrais maîtres, condamnaient les
inspirations les plus hautes, les formes les plus simplement belles.
L'Espagne avait besoin (et M. Canovas le reconnaît lui-même)
d'élargir sa science littéraire et de produire des œuvres moins
insignifiantes que les prétendues odes *anacréontiques* et les fades
pastorales du temps de Charles IV et de Ferdinand VII. Le romantisme a donné à nos voisins des vues plus étendues sur toutes les
littératures; il a inspiré aussi d'admirables pages, des tentatives
dignes d'un grand intérêt; si ce n'est pas assez encore, c'est
pourtant beaucoup, et le monde esthétique, en Espagne comme
ailleurs, n'est pas *resté où il en était*.

Il est vrai qu'aujourd'hui les audaces du romantisme sont, en
un certain sens, continuées par les réalistes, et M. Canovas souffre
de voir les lettres descendre si rapidement sur une pente qu'il
redoute, et où le romantisme, dit-il, ne les avait que trop enga-
gées. L'école nouvelle lui déplaît au plus haut point; il l'accuse
d'*infester* maintenant la littérature, et il soutient que le peintre des
mœurs andalouses, Estébanez, ne lui appartenait ni de près ni de

loin, qu'elle n'a pas le droit de le compter au nombre de ses adeptes ou de ses précurseurs.

Cette affirmation est très juste, et M. Canovas la prouve avec beaucoup de finesse et de logique [1]. Il cite un passage des *Scènes andalouses*, presque impossible à traduire en français, et où se trouvent décrites, dans le langage spécial des connaisseurs espagnols, toutes les grâces d'une danseuse populaire. On sent, à cette lecture, que la favorite du public madrilène ou sévillan n'est pas une vertu et que le goût de l'art chorégraphique, la passion esthétique pour le boléro et la cachucha, n'animent pas seuls le cœur et le sens des spectateurs. Mais leurs désirs, même clairement indiqués, n'ont jamais rien de brutal ou d'indécent ; la jolie danseuse demeure enveloppée dans une atmosphère lumineuse et poétique. Estébanez, d'ailleurs, lui donne de l'esprit, une vivacité libre et piquante ; il n'en fait pas une fille de joie stupide, invitant tout un peuple d'abrutis ou d'efféminés à se ruer vers elle. Et voilà, nous dit M. Canovas, une belle différence qui la sépare de *Nana*. Comme tous les personnages des *Scènes andalouses*, la danseuse espagnole cause à l'imagination du lecteur un plaisir sans dégoût, sans mélange désagréable ou avilissant. De même les vagabonds, les filous d'Estébanez sont amusants, souples et spirituels ; on ne souhaite pas de faire comme eux, mais on les aime, ou du moins on ne leur en veut pas. Les coquins des romans de Zola sont tout différents : « Dès que je crois en voir un, dit M. Canovas [2], je me réfugie sous la protection de la police ; je crains qu'elle ne soit pas assez active à me défendre. Mais ceux d'Estébanez ne m'effrayent ni ne m'irritent ; si l'un d'eux était arrêté, peu d'entre nous, gens de goût, se refuseraient à solliciter le juge pour lui, le priant de corriger légèrement ce pauvre diable, ou même de ne pas le corriger du tout, et de le renvoyer dans la rue, théâtre joyeux et naturel de ses actions. »

La remarque est excellente et indique parfaitement l'opposition radicale des deux écoles. Estébanez et d'autres bien plus grands que lui, Boccace, par exemple, ou la Fontaine, rendent le vice divertissant ou le conservent poétique ; on ne *souffre* pas, chez eux, de la vilenie humaine ; les faiblesses de leurs personnages sont drôles ou gracieuses ; ils ne prennent des passions que le comique ou l'agrément, ils laissent de côté la laideur ou les tortures ; il ne vont jamais jusqu'au point où le lecteur dirait : Quel dégoût ou quel supplice ! Ils nous procurent ainsi un plaisir constant, que l'on a

---

[1] *El solitario y su tiempo*, t. I, p. 164-204.
[2] *Ibid.*, p. 199-200.

le droit de préférer à d'autres impressions, mais qu'il ne faut peut-être pas ériger en règle.

Car enfin, nous diront ici les réalistes, ces aimables peintres du vice ou du crime, comment réussissent-ils à nous *charmer* toujours et à nous épargner toute secousse pénible? En nous dérobant une grande part du vrai, en ne nous montrant pas les dernières et les plus fréquentes conséquences des actions humaines. Quand vous lisez leurs livres, vous trouvez le vol plaisant, vous demandez l'impunité pour ces bons filous, dont le juge aurait tort d'interrompre les ingénieuses ou joviales prouesses! Peindre la vie sous de pareilles couleurs, c'est la peindre telle qu'elle n'est pas ou telle qu'elle se montre une fois sur mille. Les idéalistes, d'ailleurs, admirent un grand nombre d'œuvres où ce n'est ni la gaieté ni la grâce poétique qui ont le dernier mot. Les transports jaloux d'Othello ne finissent pas, comme ceux de Georges Dandin ou d'Amphitryon, par une scène d'excuse divertissante ou une apparition de Jupiter triomphant. Si Molière, seul peut-être, a eu assez d'art et de génie pour faire rire de tant de mots égoïstes et cruels arrachés par l'avarice au cœur d'Harpagon, blâme-t-on néanmoins Balzac de peindre le même vice effrayant, hideux chez Grandet? Entre toutes les manières de traiter un sujet humain, la plus douloureuse est souvent la plus vraie, et elle enseigne plus complètement à l'homme le péril dont ses vices et ses passions le menacent. Bref, M. Canovas a raison sur ce point, qu'Estébanez et les écrivains aimables ou comiques font mieux servir au plaisir de notre esprit leurs observations les plus naturelles, mais il a tort s'il veut que l'art soit toujours aimable, ou s'il condamne les réalistes pour ne l'être pas.

Du reste, sa sévérité à leur égard va beaucoup plus loin ; il ne leur reproche pas seulement de manquer de charme dans la peinture du mal, il veut les exclure du domaine de l'art, eux et leurs ouvrages. Quel est leur but, nous dit-il, leur dessein avoué? Représenter les passions humaines, surtout les plus viles, telles qu'elles sont, et n'y ajouter rien, n'en rien retrancher, ne pas faire le moindre effort pour relever ce qui est bas, pour voiler un peu ce qui répugne! Eh bien! agir ainsi, c'est s'exclure du nombre des artistes; c'est préférer une photographie à un tableau; c'est se réduire à la *transcription* des choses, ne plus rien inventer, ne plus rien créer, n'être qu'un copiste.

« Et que me sert, ajoute M. Canovas, ce calque inexorable des réalités que la nouvelle école prétend m'offrir dans des romans? Si je veux absolument connaître les côtés ignobles de notre nature, je n'ai pas besoin d'ouvrir et de feuilleter un récit fictif, je préfère

lire la *Gazette des Tribunaux*, y étudier le procès Fenayrou, le
scandale de Bordeaux, et autres affaires de ce genre, racontées tout
au long avec exactitude et sans la moindre prétention esthétique.
Là, du moins, tout est vrai et par conséquent instructif ; voilà les
documents humains seuls dignes de foi et que le médecin, le législa-
teur, l'homme d'État, doivent consulter. Faites-nous sur ces sujets
des rapports ou des traités, mais pas de romans ou de drames. En
vertu même des principes réalistes, toute ombre de fiction doit être
écartée ; ne dites que ce qui *est*, jamais ce qui *peut* être. L'artiste
invente et combine ; vous n'êtes pas artiste, copiez et transcrivez,
c'est toute votre tâche [1]. »

Tels sont les raisonnements par lesquels M. Canovas s'efforce
d'en finir avec le réalisme. J'ai plus d'une fois souhaité qu'ils
fussent irréfutables, et qu'on pût dire même au plus célèbre auteur
de tant de peintures abjectes ou malsaines : Vous vous êtes, par vos
théories comme par votre pratique, violemment exilé du domaine de
l'art. Mes croyances et mes répulsions me dicteraient volontiers
cette sentence ; la justice et les faits m'empêchent de la prononcer.
M. Zola abuse de son talent, mais il est artiste ; ni ses idées critiques
ni ses romans ne nous autorisent à le nier.

D'abord il n'a jamais confondu l'œuvre d'art avec la simple
copie de la réalité. Il l'a définie au contraire [2] « un coin de la
création vu à travers un tempérament », et il n'a cessé de dire que
ce qu'il cherchait dans un artiste, ce qu'il réclamait à grands
cris, c'était la marque individuelle et originale. Il repousse l'ac-
cusation, que lui intente M. Canovas, de viser à copier servile-
ment la nature. Il veut, dans l'œuvre, reconnaître ce qui existe,
ce qu'il aurait pu lui-même observer, et sentir aussi l'âme, le
caractère, le *tempérament* de l'auteur, comme il dit dans son langage trop matérialiste. Toute transcription froide et banale,
quoique exacte, ne sera pas pour lui une œuvre d'art ; il y faut du
sang et de la vie ; il y faut une grâce, une force et une chaleur,
communiquées par celui-là même qui traite le sujet.

Reste à savoir si M. Zola, dans ses propres livres, met quelque
chose de lui, ou si, infidèle à son principe, il se contente de copier
ce qui est réel en observateur froid ou vulgaire. Ses romans n'of-
frent-ils, comme l'affirme M. Canovas, que des tissus de faits que
l'on voit tous les jours, et qui ne peuvent rien nous découvrir de
vrai ou d'utile ? Les éléments dont il les compose ne coûtent-ils
aucune peine à recueillir, à accumuler, à mettre en valeur, et ne

[1] *El solitario y su tiempo*, p. 176-179, p. 203.
[2] Zola, *Mes haines*, p. 307.

nous enseigne-t-il, comme l'ajoute M. Canovas, rien que *tout le monde* ne sache (que *nadie ignora*) avant d'avoir seulement ouvert le volume?

Tout le monde? c'est bientôt dit; mais lorsqu'un Français de province, ou un étranger qui voyage peu, contemple certains tableaux parisiens de M. Zola, n'apprend-il pas tout à coup mille choses qu'il ignore? Ne sent-il pas vivement ce qu'il n'a jamais senti? Ne se fait-il pas en lui comme une invasion de perceptions nouvelles? Quelle forte main le transporte au centre du mouvement moderne, et l'y laisse quelque temps ébloui, affolé, souvent écœuré, je l'avoue, jamais indifférent à tant de spectacles dont il n'avait pas soupçonné l'ampleur gigantesque, l'éclat maladif, la tristesse navrante ou l'abjection? Tel qui est né à Paris, qui y revient sans cesse, qui l'a presque toujours présent à la pensée, le revoit bien plus vivant, bien plus effroyable à travers l'œuvre de M. Zola. Suivez, dans un de ses derniers romans [1], le développement égoïste, et pourtant utile, du grand commerce, la lutte des petites boutiques contre l'immense bazar moderne, les longues tristesses, les obstinations et les désespoirs des vaincus, les jonchées de blessés ou de morts couchés sur le passage du char triomphal, et dites si les statistiques les plus consciencieuses, les rapports de police les plus exacts, les documents administratifs les plus complets, frapperaient aussi vivement votre imagination, laisseraient en vous un souvenir aussi troublant. Il a paru, vers la fin du second empire, un livre intitulé : *le Sublime*, qui marquait avec soin les diverses étapes par où passe l'ouvrier paresseux et buveur jusqu'à ce qu'il devienne *sublime* d'alcoolisme et d'aversion pour le travail. Ce livre a servi, je le crois, au puissant auteur de *l'Assommoir ;* c'est là, peut-être, qu'il a le plus étudié l'ouvrier ivrogne, mais ce n'est pas là qu'il a puisé le don de le faire vivre et de le rendre tristement intéressant à tant de millions de lecteurs. Vouloir enfin exclure du nombre des artistes l'homme qui a écrit et semé de poésie *Une page d'amour,* c'est tenter une tâche aussi impossible que d'effacer de la liste des savants Laplace et Littré. L'un fut athée, l'autre positiviste; c'est un malheur, mais ils ont su beaucoup et beaucoup enseigné aux autres; ils ont donc été savants. De même M. Zola nous peint souvent les réalités comme il vaudrait mieux ne pas les peindre, mais il en concentre les impressions, et nous les transmet avec une force, une suite, un mouvement qui n'est qu'à lui; donc il faut, malgré M. Canovas et malgré nous, consentir à l'appeler artiste.

Oui, malgré nous; car il nous répugne de contempler durant

---

[1] *Au bonheur des dames.*

cinq cents pages consécutives une dégradation morale que rien ne relève. Plus cette dégradation ressort et se fait sentir, plus nous reprochons au peintre impitoyable de ne pas vouloir un instant se détourner vers quelque réalité meilleure. Il est cruel de respirer si longtemps un air corrompu et de voir celui qui vous y enferme ne pas songer à ouvrir de temps à autre une petite fenêtre par où puisse entrer une brise moins impure. C'est la souffrance qu'on éprouve en lisant *Nana :* tous les hommes, toutes les femmes de ce roman sont pourris; je dirai plus, tous sont bêtes et grossiers. On ne peut, il est vrai, nous faire mieux comprendre à quel point le vice abrutit; mais un tel spectacle et si prolongé dégoûte l'honnête homme et, ce qui est pis encore, le décourage, car il ne voit nul moyen d'éviter le péril.

Si jamais une passion pareille, dont les objets rôdent partout, s'allume dans ses sens, qui le sauvera et comment pourra-t-il se vaincre? La conscience ne dit rien ou parle trop bas; la religion n'est qu'une *peur* impuissante de l'*invisible ;* se vaincre est une chimère, une idée creuse; personne n'y parvient, on est toujours vaincu par son tempérament, bien ou mal disposé pour la lutte de la vie.

N'admirez pas, dans un autre roman [1], cette jeune fille qui aime un homme et qui ne lui accorde rien; enviez-lui seulement sa belle santé : « Quand elle le voyait, dit l'auteur [2], si ému, si bouleversé, elle ne savait plus pourquoi elle se refusait. Et elle ne retrouvait qu'ensuite, au fond même de sa nature de fille bien portante, la fierté et la raison qui la tenaient debout dans son obstination de vierge. C'était par un instinct de bonheur qu'elle s'entêtait, pour satisfaire à son besoin d'une vie tranquille, et non pour obéir à l'idée de la vertu. Elle serait tombée aux bras de cet homme, la chair prise, le cœur séduit, si elle n'avait éprouvé une révolte, presque une répulsion devant le don définitif de son être, jeté à l'inconnu du lendemain. »

Voilà tout le mystère : bien portante, cette fille calcule bien, ne fait pas de sottise, comme on dit, ne s'expose pas à tomber dans toutes les misères après un instant d'ivresse et de prospérité. Mais qu'une indisposition, un changement de régime l'affaiblisse un jour ou l'exalte, elle s'égarera aussitôt; car elle n'a jamais eu le sentiment du devoir, aucune règle supérieure aux intérêts et aux impressions, aucune lumière qui puisse briller encore dans la tempête des sens ou le détraquement des organes. C'est une

---

[1] *Au bonheur des dames.*

[2] *Ibid. — Elle,* c'est Denise Baudu, première d'un grand magasin, *lui,* Octave Mouret, chef de la maison.

machine humaine en parfait équilibre, faisant le bien parce qu'elle est montée pour le faire et que les ressorts qui l'inclineraient au mal sont jusqu'ici plus faibles que ceux qui la maintiennent droite. L'idée d'obligation morale lui est étrangère, M. Zola et le positivisme l'exigent; il leur faut des organismes et point d'âmes, des encéphales et point de consciences; il leur faut, comme dit M. Canovas, des gens sans Dieu et sans libre arbitre. Ceux auxquels ils nous font entendre qu'il est avantageux de ressembler agissent toujours par nécessité physique, jamais par devoir, et le romancier se hâte de nous en avertir. Il craint qu'en voyant par hasard dans son œuvre un ou deux êtres bons et sensés, nous ne les croyions vertueux, et il lui tarde de dissiper cette antique erreur.

Laissez donc, lecteur trop naïf, cette couronne d'honneur et de gloire morale que vous prépariez pour Denise; l'excellente fille n'a aucun mérite, elle n'a fait qu'obéir à son tempérament; tant mieux pour elle de l'avoir eu si bon! et tant pis pour Nana, qui avait la *névrose du vice!*

Ah! sur ce point, nous sommes d'accord avec M. Canovas. Plus juste que lui envers le talent littéraire de M. Zola, nous croyons, comme lui, que ce sera un heureux symptôme lorsque les ouvrages de cet écrivain seront moins lus. Toutes ces peintures du vice, très fortes et très fidèles, sont *provocantes*, selon l'expression de M. Canovas; ce sont des spectacles indécents qui, pendant de longues heures, attisent un brutal désir; le jeune homme qui parcourt ces centaines de pages semble se promener dans des rues infâmes où, quoi qu'on en dise, le dégoût n'émousse point assez la tentation. Si les gracieuses licences de Boccace et de la Fontaine endormaient agréablement le sens moral, les crudités de M. Zola ne le réveillent point et son positivisme le tue.

Viendra un temps où les défauts de son style, dépouillés du prestige qu'exercent toujours la hardiesse et la nouveauté, sauteront aux yeux des gens les moins instruits, où on lui reprochera ses redites, ses descriptions superbes, mais dix fois renouvelées, sa force réelle dégénérant en effort visible, et où l'on demandera en grâce à ses successeurs de ne plus s'attarder à le contrefaire. L'idéalisme alors reprendra faveur; l'art ne se contentera plus de condenser, d'accroître, d'aggraver l'impression, si souvent pénible, du réel; il voudra, comme jadis, nous créer un monde plus beau, conforme aux désirs que le réel fait naître et qu'il ne contente jamais. Rejetant loin de lui les décourageantes laideurs du réalisme, l'art rajeuni sortira de cette longue épreuve un peu plus vrai peut-être qu'il n'y était entré; il ne sacrifiera ni le bien moral au plaisir, ni la nature à de présomptueuses aspirations; il ne nous laissera pas croire qu'il nous soit facile de nous rendre meilleurs, mais il nous rappellera que nous le *devons*, et que l'homme étant libre et aidé de Dieu, tout ce qu'il *doit* être, il *peut* le devenir.

III

· Ni le livre récent de M. Canovas, ni le pouvoir dont il est maintenant revêtu, ne hâteront guère le changement de goût et d'idées que nous appelons, aussi bien que lui, de tous nos vœux. Les hommes d'État, même lorsqu'ils président une académie, sont peu maîtres aujourd'hui des croyances et des mœurs publiques; mais sur la politique du jour, sur les décisions qu'il y a lieu de prendre en face de certaines éventualités, leur influence est grande, et la connaissance de leurs opinions excite toujours des craintes ou des espérances. Quand M. Canovas publia son livre[1], il semblait fort loin du ministère; les chefs du gouvernement espagnol favorisaient, au dedans, le mouvement révisionniste et prêtaient l'oreille en même temps aux projets d'alliance étrangère, d'union avec l'Allemagne et l'Italie, de ligue offensive contre la France. Nous nous inquiétions à la pensée de voir croître notre isolement, de nous sentir pressés par des monarchies hostiles et de ne pouvoir pas même compter sur la neutralité de nos voisins espagnols, que tant d'intérêts matériels et leur situation géographique doivent cependant rapprocher de nous. Le retour de M. Canovas au pouvoir a dissipé promptement nos alarmes de ce côté, et la lecture de son livre est très rassurante.

Il avoue bien que, dans sa première jeunesse, il a cru possible d'étendre, au moins en Afrique, l'empire espagnol[2]; les propos continuels de son oncle Estébanez, patriote enthousiaste, obstiné, aveugle; les fougueux articles de certains journaux, les harangues prononcées aux cortès ou ailleurs, enfin le désir bien naturel de voir son pays puissant, l'avaient fait adhérer à la politique de conquêtes; mais depuis vingt ans, il en est complètement revenu, et pour deux raisons : il a étudié le passé et considéré l'état actuel de l'Espagne.

Toute notre histoire, dit-il[3], est dans ce fait, en apparence insignifiant et que j'ai déjà cité ailleurs; les soldats que le grand capitaine Gonzalve de Cordoue emmena de Malaga, pour conquérir Naples

---

[1] Achevé d'imprimer le 10 juillet (t. I), et le 10 septembre 1883 (t. II).
[2] *El solitario y su tiempo*, t. II, p. 135.
[3] *Ibid.*, p. 129, 130, 133.

(en 1503), étaient déjà pieds nus et affamés. C'est ainsi que l'on court des aventures parfois très glorieuses, mais on ne fonde pas d'empires durables. Nos anciennes institutions ne furent pas parfaites, pas plus que ne l'ont été celles d'aucun peuple; nous n'avons pas toujours eu, pour nous gouverner, de grands et honnêtes politiques; un tel bonheur, du reste, n'est échu à aucun État; mais la faute, la grande faute qui éclate dans notre histoire, n'est pas individuelle, elle est nationale; elle se voit dans ce qui existe encore, dans ce qui a survécu à tant de révolutions. Sachons-le une bonne fois, notre pauvreté, en grande partie native, notre manque d'économie, notre désordre administratif, notre prodigalité dans les affaires publiques ou privées, enfin (et les rhéteurs auront beau dédaigner cette raison comme trop simple) la disproportion entre nos forces et nos desseins, suffiraient à expliquer les échecs du sagace Philippe II, l'inertie de Philippe III et du duc de Lerme, et les catastrophes que nous ont fait subir Philippe IV et son favori Olivarès, dont le plus grand tort fut de ne pas savoir à temps se résigner à quitter la haute position où l'Espagne se maintenait artificiellement en Europe.

Rien de plus juste et de plus frappant que l'exemple des soldats de Gonzalve, cité par M. Canovas; on pourrait y ajouter l'admirable relation écrite, en 1512, par Guichardin, ambassadeur de Florence à la cour d'Espagne. Tout ce qui caractérise tristement la Péninsule, tout ce que le temps et le progrès moderne n'ont pas encore bien corrigé, avait frappé l'esprit de ce grand observateur. Apreté des montagnes, nudité des plaines, rareté de la population, paresse orgueilleuse des habitants, absence d'industrie, vaine ostentation au dehors, répondant mal à la pauvreté dont l'intérieur des familles est la proie, tels sont les traits que Guichardin met en relief, et qui font dire : Comment une nation si indigente a-t-elle pu dominer l'Europe et posséder un empire si étendu?

M. Canovas l'explique uniquement ici par le mariage de Jeanne la Folle et de Philippe le Beau. A une époque où la transmission des royaumes par voie d'alliance domestique et d'hérédité était respectée comme un dogme, on comprend que cet hymen de l'Autriche avec l'Espagne ait créé à celle-ci des droits presque sacrés; mais la conquête de Naples et de Milan lui fut disputée par la France, et le prestige de l'alliance autrichienne n'aurait pas suffi sans l'ardeur indomptable et patiente des Espagnols, qu'une croisade de huit siècles avait accoutumés à fonder tout leur espoir sur la guerre et à ne pas connaître, surtout à ne pas honorer d'autre travail que celui des camps et des batailles.

Quoi qu'il en soit, ces temps sont loin de nous, et M. Canovas rappelle que, depuis le dix-septième siècle, toute tentative d'empire espagnol a échoué. Olivarès a été battu par les Français ; Alberoni n'a réussi à rien ; Ferdinand VII a perdu l'Amérique, et sous le règne d'Isabelle II, l'influence espagnole n'a jamais pu s'étendre. Quand on envoya, auprès de Pie IX rétabli, des négociateurs aussi distingués que le duc de Rivas, Martinez de la Rosa et Estébanez, l'action de ces trois hommes fut constamment entravée par la France et par l'Angleterre. Ils auraient voulu, nous dit l'auteur, neutraliser Rome, la donner à l'univers catholique, y établir, sous la souveraineté pontificale, un gouvernement de prélats appartenant à toutes les nations, et détruire ce préjugé qui, depuis trois siècles, exigeait que le pape et tous ses ministres temporels fussent des Italiens. Estébanez insista beaucoup dans ses lettres sur ce plan espagnol de cosmopolitisme catholique, mais ni la France ni l'Angleterre n'y voulurent entendre ; et l'Espagne, incapable de lutter contre une seule de ces deux puissances, dut promptement céder à leur coalition [1].

En février 1860, quand Tétuan fut pris, Estébanez parlait de conquérir le Maroc, d'en faire une Algérie espagnole ; il s'indignait du traité de Guad-Ras, par lequel on se contentait d'une réparation d'honneur et d'une indemnité pécuniaire. Mais M. Canovas est bien persuadé qu'ici plus que jamais, son oncle avait tort, et qu'il serait absurde à l'Espagne de s'acharner contre un voisin aussi impuissant à nuire que l'est le Maroc [2]. Du reste, toute conquête extérieure est, selon lui, impossible ou dangereuse aux Espagnols. Les partis qui déchirent actuellement la nation, l'état infime où les révolutions l'ont réduite et la tiennent encore ne permettent pas de nourrir des desseins d'agrandissement. « A quiconque parle ici de courir les aventures, je répondrai, dit-il [3], comme l'aubergiste à don Quichotte : « Je n'ai rien à voir dans votre chevalerie ; payez « ce que vous me devez, et laissons les romans tranquilles ; moi, je « ne m'occupe que de toucher ce qui m'appartient. » Toute la vie raisonnable, ajoute M. Canovas, consiste en cette chose si humble et si vulgaire : compter ce qu'on possède, et ne jamais dépenser plus qu'on ne pourra payer exactement. C'est de la prose, cela, de la simple prose, mais c'est le miroir où nous devons nous regarder. Estébanez, trop purement Espagnol, ne comprenait pas cette pensée quand il s'agissait de politique internationale ; et pourtant bien considérée et appliquée avec intelligence, cette pensée servirait à gouverner l'Espagne mieux qu'elle n'a coutume d'être gouvernée. Nous

[1] *El solitario y su tiempo*, t. II, p. 149, 157.
[2] *Ibid.*, p. 131.
[3] *Ibid.*, p. 132, 134.

ne devons d'abord viser qu'à un grand point, qui est de bien régler
nos comptes. Ensuite nous penserons à réparer, à restaurer ce qui
tous les jours vieillit ou s'use dans l'édifice que nous avons cons-
truit jadis; et si le sort nous accorde ce bonheur, nous pourrons
nous occuper plus tard, beaucoup plus tard, de reprendre le sen-
tier perdu du progrès national. »

Ainsi, dans les vues de M. Canovas, l'agrandissement de l'Espagne au dehors, le mouvement progressif de son influence doit
être indéfiniment ajourné. Il faut commencer par mettre de l'ordre
dans la gestion des finances et des affaires; puis viendront les
réformes ou plutôt les réparations, les retouches essentiellement
conservatrices; quant aux grandes aventures, on y songera très
tard, et mieux vaudrait encore jamais que trop tôt.

Pour appliquer ce programme plus sage que brillant, il faudra
au premier ministre une grande énergie, une force de résistance
à l'épreuve de bien des attaques. Beaucoup le presseront de faire
davantage, de mieux soutenir le prestige de l'Espagne, d'adopter
une politique plus noble; mais à la tribune, comme dans son livre,
il leur répondra : « Même avec les intentions les plus excellentes,
ce n'est pas une bonne politique de vouloir tenter l'impossible. »
*No hay buena política en acometer, por excelentes miras que se
tengan, lo imposible*[1].)

M. Canovas apporte au pouvoir une conscience profonde de sa
valeur propre, une longue expérience de l'ingratitude humaine, et
probablement un grand dédain de toute popularité acquise aux
dépens de la raison.

Mon oncle Estébanez, dit-il[2], est la seule personne en ce monde dont
j'aie reçu secours et protection. Tout le reste, je l'ai obtenu ou conquis
sans le devoir à d'autres qu'à moi-même. Le compte de ma gratitude
à son égard ne sera jamais fermé; mais, quant à moi, je n'espère nulle
reconnaissance pour aucun service ni faveur. Bien des choses sont
déjà passées pour moi, bien d'autres encore s'en vont à grands pas;
mais j'observe plus clairement chaque jour que le seul bien qui reste
pendant que tout s'éloigne, c'est la conscience nous affirmant que nous
n'avons manqué à l'accomplissement d'aucun devoir.

Le grand devoir pour M. Canovas, ministre, c'est de maintenir
l'Espagne complètement étrangère aux intrigues internationales;
car dans cette abstention il voit le salut de son pays, et s'il agissait en un sens différent, il se mentirait à lui-même. Aucune sym-

---

[1] *El solitario y su tiempo*, t. Ier, p. 297.
[2] *Ibid.*, t. II, p. 254-255.

pathie particulière ne l'attache à d'autres nations que la sienne; il
ne prêche pas la paix par amour pour la France; il n'aime que
l'Espagne, et d'une affection sévère qui ne veut ni flatter les défauts
ni trop louer les vertus de ce peuple.

Travaillez, dit-il à ses compatriotes[1], inventez, économisez, épargnez
sans trêve; ne contractez plus de dettes; aspirez moins à acquérir qu'à
conserver; ne vous fiez qu'à vous-mêmes et n'ayez plus foi en la for-
tune; ne prenez pas pour des réalités des noms ou de faciles appa-
rences; les réalités sont toujours moins accessibles. Ne demandez pas
de miracles à ceux qui vous gouvernent, mais ne permettez pas qu'ils
adulent et qu'ils exagèrent vos défauts. N'imputez pas à des institutions ou à des individus, si puissants qu'ils soient, les fautes de tous
ou du plus grand nombre; que votre patriotisme enfin soit silencieux,
mélancolique, patient, quoique profond, constant, implacable. De cette
façon, vous ne recouvrerez point la suprématie d'autrefois; elle tenait
à des circonstances spéciales et ne peut revenir; mais vous aurez
encore, et de reste, quelque chose à faire en ce monde; vous pourrez
vous montrer dignes de vos pères et du glorieux nom d'Espagnols.

Ces mots sont un engagement que ni les partisans de M. Canovas
ni ses adversaires n'oublieront jamais. Lors même qu'il se laisse-
rait entraîner un instant vers les idées de lutte ou d'alliance étrangère, on ne lui confierait pas le soin de les appliquer: on se sou-
viendrait encore qu'il a écrit : « Une politique nationale active,
audacieuse, conforme à nos traditions anciennes, est non seulement risquée, mais irréalisable [2] »; et on l'obligerait de céder à
d'autres la plume pour signer des dépêches ou des traités aven-
tureux.

Son nom représente, je le répète, la neutralité absolue de
l'Espagne dans toutes les complications du dehors, et nous devons
souhaiter qu'il garde le pouvoir; tant qu'il s'y maintiendra, sa
nation ne fera rien pour ceux qui conspirent contre nous et qui
veulent troubler le repos du monde.

[1] *El solitario y su tiempo*, t. II, p. 135.
[2] *Ibid.*, p. 134, 135.

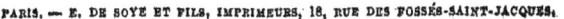

PARIS. — E. DE SOYE ET FILS, IMPRIMEURS, 18, RUE DES FOSSÉS-SAINT-JACQUES.

PARIS. — E. DE SOYE ET FILS, IMPRIMEURS, 18, RUE DES FOSSÉS-SAINT-JACQUES.

www.ingramcontent.com/pod-product-compliance
Lightning Source LLC
Chambersburg PA
CBHW061632180626

46818CB00005B/2342